NARVAL ET
LOUTRE AMIE

BEN CLANTON

TEXTE FRANÇAIS D'ISABELLE FORTIN

SCHOLASTIC

À L'OUTRAGEUSEMENT GÉNIALE
TARA WALKER!

Catalogage avant publication de Bibliothèque et Archives Canada

Titre: Narval et Loutre amie / Ben Clanton, auteur et illustrateur;
texte français d'Isabelle Fortin.

Autres titres: Narwhal's otter friend. Français
Noms: Clanton, Ben, 1988- auteur, illustrateur.

Description: Mention de collection: Les aventures de Narval et Gelato; 4 | Traduction de: Narwhal's otter friend.
Identifiants: Canadiana 20189066733 | ISBN 9781443176064 (couverture souple)
Vedettes-matière: RVMGF: Romans graphiques

Classification: LCC PZ23.7.C53 Nal 2019 | CDD j741.5/973—dc23

Édition publiée par les Éditions Scholastic, 604, rue King Ouest, Toronto (Ontario) M5V 1E1
en vertu d'une entente conclue avec The Gallt and Zacker Literary Agency LLC.

5 4 3 2 1   Imprimé au Canada 140   19 20 21 22 23

Conception graphique : Ben Clanton

Les illustrations de ce livre ont été réalisées au crayon de couleur,
à l'aquarelle et à l'encre, puis colorées numériquement.

Références photographiques :
carte : © NYPL Digital Collections; calotte glaciaire : © Maksimilian/Shutterstock; grosse vague : © EpicStockMedia/
Shutterstock; petite vague : © EpicStockMedia/Shutterstock; gaufre : © Tiger Images/Shutterstock; fraise :
© Valentina Razumova/Shutterstock; cornichon : © dominitsky/Shutterstock; cuillère : © Paul Burton/Thinkstock;
casserole : © Devonyu/Thinkstock; Terre (modifiée) : © NASA/NOAA GOES Project; radiocassette : © valio84sl/
Thinkstock; brique : © Stason4ic/Thinkstock.

La population et le statut de conservation des espèces proviennent de la Liste rouge mondiale
des espèces menacées établie par l'UICN (l'Union internationale pour la conservation de la nature)
telle qu'elle apparaissait au moment de la publication initiale.

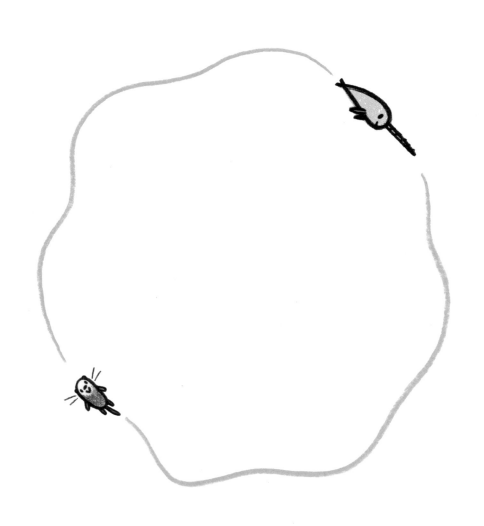

LOUTRE MOITIÉ DE NARVAL?

UN JOUR, ALORS QUE NARVAL ET GELATO SE BALADENT DANS LA MER...

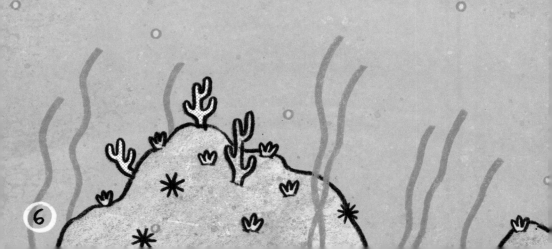

NOM D'UN OURSIN!
EST-CE POSSIBLE?

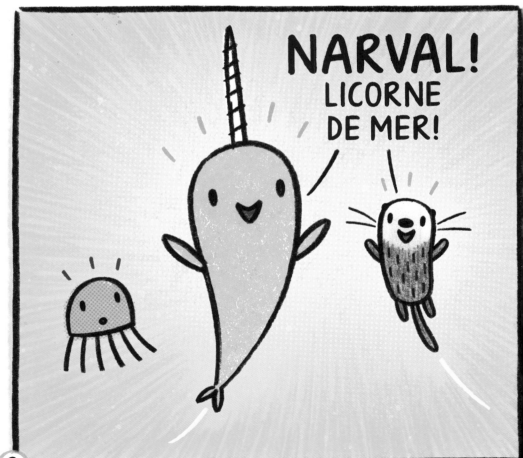

EXPLORATRICE!

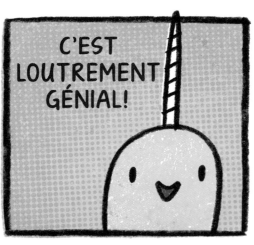

C'EST LOUTREMENT GÉNIAL!

TOI, TU ES UNE EXPLORATRICE?

OUI MONSIEUR!
JE PARCOURS LES MERS EN QUÊTE D'AMIS ET D'AVENTURES AMUSANTES, COMME L'INCROYABLE CAPITAINE SALOMÉ VADEBONCŒUR!

LA CAPITAINE VADEBONCŒUR A AUSSI PLEIN DE DEVISES FABULEUSES!

PAR EXEMPLE, « PLONGE DANS LA VIE COMME DANS LES FLOTS » ET « OHÉ! L'AVENTURE! »

JE PENSE QUE « GAUFRES! GAUFRES! GAUFRES! » FERAIT AUSSI UNE BONNE DEVISE.

C'EST **ACCROCHEUR!** J'AIME BIEN.

ÇA DOIT ÊTRE BANTASTIQUE
D'ÊTRE UNE EXPLORATRICE!
TU DOIS AVOIR PLEIN DE SUPER
HISTOIRES À RACONTER!

NOM D'UN OURSIN!
C'EST CERTAIN.

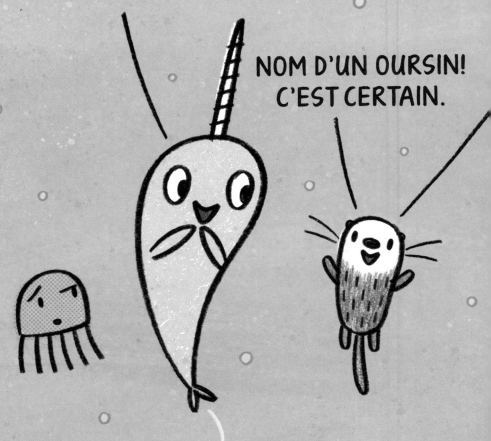

J'AI FAIT LA FÊTE AVEC DES MANCHOTS...

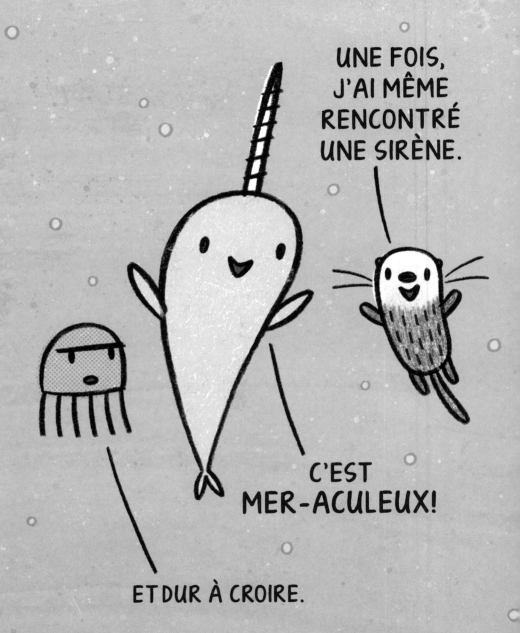

MAIS D'ABORD,
IL NOUS FAUT
ABSOLUMENT
QUELQUE CHOSE.

UN PLAN? UNE CARTE?
UNE MOUSTACHE? UNE
PLANCHE DE SURF?

OH! CE SONT DE BONNES IDÉES!

MAIS IL Y A QUELQUE CHOSE D'ENCORE PLUS IMPORTANT.

DES GAUFF FFRES!!!

FAITS LOUTRAGEUSEMENT GÉNIAUX

DE VRAIS FAITS À PROPOS D'UNE CRÉATURE ABSOLUMENT ADORABLE

IL EXISTE 13 ESPÈCES DE LOUTRES DANS LE MONDE*.

ELLES SONT TOUTES GÉNIALES!

LES LOUTRES SONT PRÉSENTES SUR TOUS LES CONTINENTS SAUF L'OCÉANIE ET L'ANTARCTIQUE. ELLES VIVENT GÉNÉRALEMENT DANS L'EAU OU PRÈS DE L'EAU.

QUEL **MONDE** EXTRAORDI-MER!

* 12 DES 13 ESPÈCES DE LOUTRES SONT CLASSÉES COMME QUASI MENACÉES, VULNÉRABLES OU EN DANGER.

D'AUTRES FAITS

OUIII!

LES LOUTRES AIMENT BEAUCOUP JOUER ET GLISSER.

QUAND ELLES SONT DANS L'EAU, LES LOUTRES DE MER SE TIENNENT PARFOIS LA MAIN POUR RESTER ENSEMBLE PENDANT LEUR SOMMEIL.

LES LOUTRES DE MER ONT TOUTES UNE PIERRE « PRÉFÉRÉE » QU'ELLES CACHENT DANS UN REPLI DE PEAU SOUS UNE DE LEURS PATTES AVANT. ELLES L'UTILISENT POUR OUVRIR DES PALOURDES ET D'AUTRES FRUITS DE MER QU'ELLES MANGENT ENSUITE.

MON PRÉCIEUX!

ENCORE DES FAITS

DES BULLES!

LES LOUTRES DE MER UTILISENT DES BULLES POUR RESTER AU CHAUD. ELLES LES EMPRISONNENT DANS LEUR FOURRURE POUR CRÉER UNE « COUVERTURE » D'AIR QUI LES AIDE À GARDER LEUR CHALEUR.

C'EST AU POIL!

LA LOUTRE DE MER DE CALIFORNIE EST LE MAMMIFÈRE QUI A LA FOURRURE LA PLUS DENSE DE LA PLANÈTE : JUSQU'À UN MILLION DE POILS PAR 6,5 cm².

PLUS DE FAITS SUR LES ~~LOUTRES~~ <u>MÉDUSES</u>

PAS MAL!

DU BEURRE D'ARACHIDE POUR LES MÉDUSES? À L'AQUARIUM POUR ENFANTS DE FAIR PARK À DALLAS, AU TEXAS, ON A ESSAYÉ DE NOURRIR DES MÉDUSES LUNES AVEC DU BEURRE D'ARACHIDE. L'EXPÉRIENCE A ÉTÉ CONCLUANTE.

LE CORPS DE LA MÉDUSE EST COMPOSÉ D'ENVIRON 95 % D'EAU.

EAU LÀ LÀ!

CERTAINES MÉDUSES BRILLENT DANS LE NOIR!

GELATO
EST JALOUX

PFFF! SI NARVAL A UNE AUTRE AMIE, JE VEUX UN NOUVEL AMI, MOI AUSSI.

TORTUE!
AIMERAIS-TU VENIR MANGER
DES GAUFRES AVEC MOI?

TORTALEMENT!

MAIS...

JE SUIS INVITÉE AU HUITRIÈME
ANNIVERSAIRE DE MON AMIE PERLE
AUJOURD'HUI. PEUT-ÊTRE APRÈS?

OUI, BIEN SÛR!
AMUSE-TOI BIEN...

REQUIN!

ÇA VA?

GELATO!

OUI, JE VAIS JOUER AU
BALLON BOUÉE AVEC PIEUVRE.

TU VIENS AVEC NOUS?

OH! EUH...
PEUT-ÊTRE PLUS
TARD. JE DOIS ME
TROUVER UN AMI.

MER-VEILLEUX!
DIS À NARVAL DE
VENIR AUSSI!

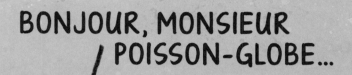

BONJOUR, MONSIEUR
POISSON-GLOBE...

DÉSOLÉ, GELATO, JE NE
PEUX PAS TE PARLER.
JE SUIS AU COQUIPHONE
AVEC MON AMIE,
MADAME POISSON.

QU'AVEZ-VOUS DIT,
MADAME POISSON?

HA HA
HA

BIEN DIT,
MADAME POISSON!

swoush!

GRRR...

J'EN AI UNE. QUEL EST LE MOLLUSQUE LE PLUS LÉGER?

TU NE SAIS PAS?

LA PALOURDE!

DÉGAGE, NULLATO.

ÇA Y EST, J'AI TROUVÉ!

PIERRE, JE PENSE
QUE NOTRE AMITIÉ
VA ÊTRE SOLIDE
COMME UN ROC.

EXTRA FRAISE

CONTRE

L'ŒUF DIABOLIQUE

par Gelato et Pierre

SUPER GAUFRE ET EXTRA FRAISE FORMENT LE MEILLEUR DUO QUI SOIT! PERSONNE NE PEUT SE METTRE EN TRAVERS DE LEUR CHEMIN...

JUSQU'AU JOUR OÙ GAUFRE RENCONTRE ŒUF. SOUDAIN, LES CHOSES NE SONT PLUS SI EXTRA POUR FRAISE.

TU ES DRÔLE EN DIABLE!

WA HA HA!

PAUVRE EXTRA FRAISE... SI TRISTE...

IL Y A QUELQUE CHOSE DE POURRI CHEZ CET ŒUF...

FERME LES YEUX, GAUFRE. LE CHEF T'A PRÉPARÉ UNE SURPRISE. PAR ICI!

PLOUF!

ŒUF EST DANS L'EAU CHAUDE. EN FAIT, IL EST CUIT...

OUF!

JE SUIS ŒUF-ORIQUE.

EN PLUS D'ÊTRE MA FRAISE PRÉFÉRÉE, TU ES MON HÉROÏNE!

ON T'A CHERCHÉ DANS L'OCÉAN TOUT ENTIER! OÙ ÉTAIS-TU? ÇA VA?

JE PASSAIS UN MOMENT BANTASTIQUE AVEC MON NOUVEL AMI, PIERRE.

OUAIP, ON A JOUÉ À TOUTES SORTES DE JEUX : PIGE DANS LE LAC, MARCO POLO, LE DERNIER QUI CLIGNE DES YEUX... PIERRE EST VRAIMENT DUR À BATTRE.

OHÉ! PIERRE!

QUEL CAILLOU ÉPATANT!

ET VOUS, QU'EST-CE QUE VOUS AVEZ FAIT?

ON A PLANIFIÉ...

L'AVENTURE LA PLUS MER-VEILLEUSE!

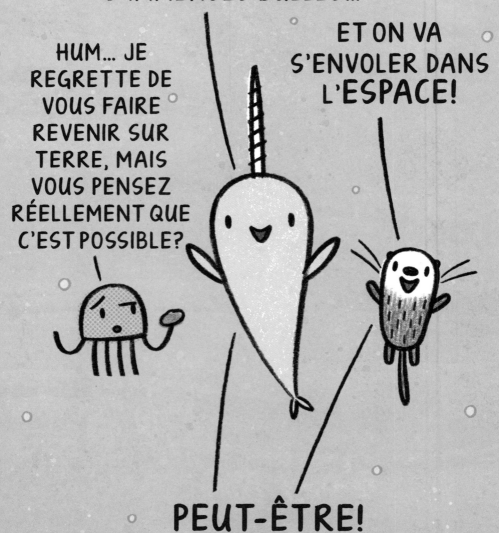

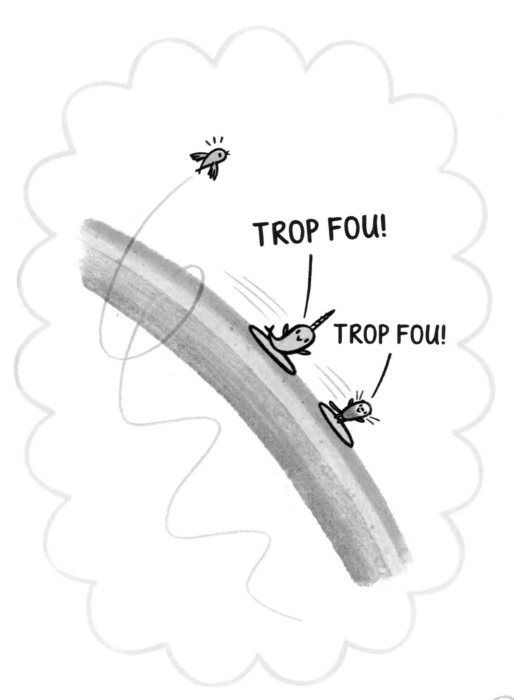

APRÈS, ON N'A PAS ENCORE DÉCIDÉ CE QU'ON VA FAIRE.

SÛREMENT DES GAUFRES!

VOTRE AVENTURE SEMBLE INCROYABLE.

OUAIP! MAIS IL MANQUE QUELQUE CHOSE.

QUOI?

UNE DES CHOSES LES PLUS IMPORTANTES.

TOI!

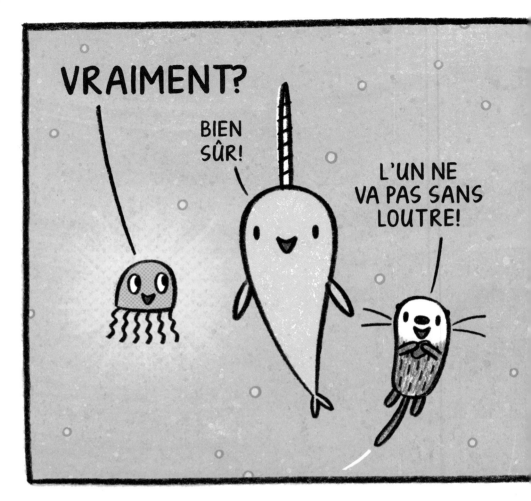